CB065151

ORLANDO NILHA

Irmãos Rebouças

1ª edição – Campinas, 2022

MOSTARDA EDITORA

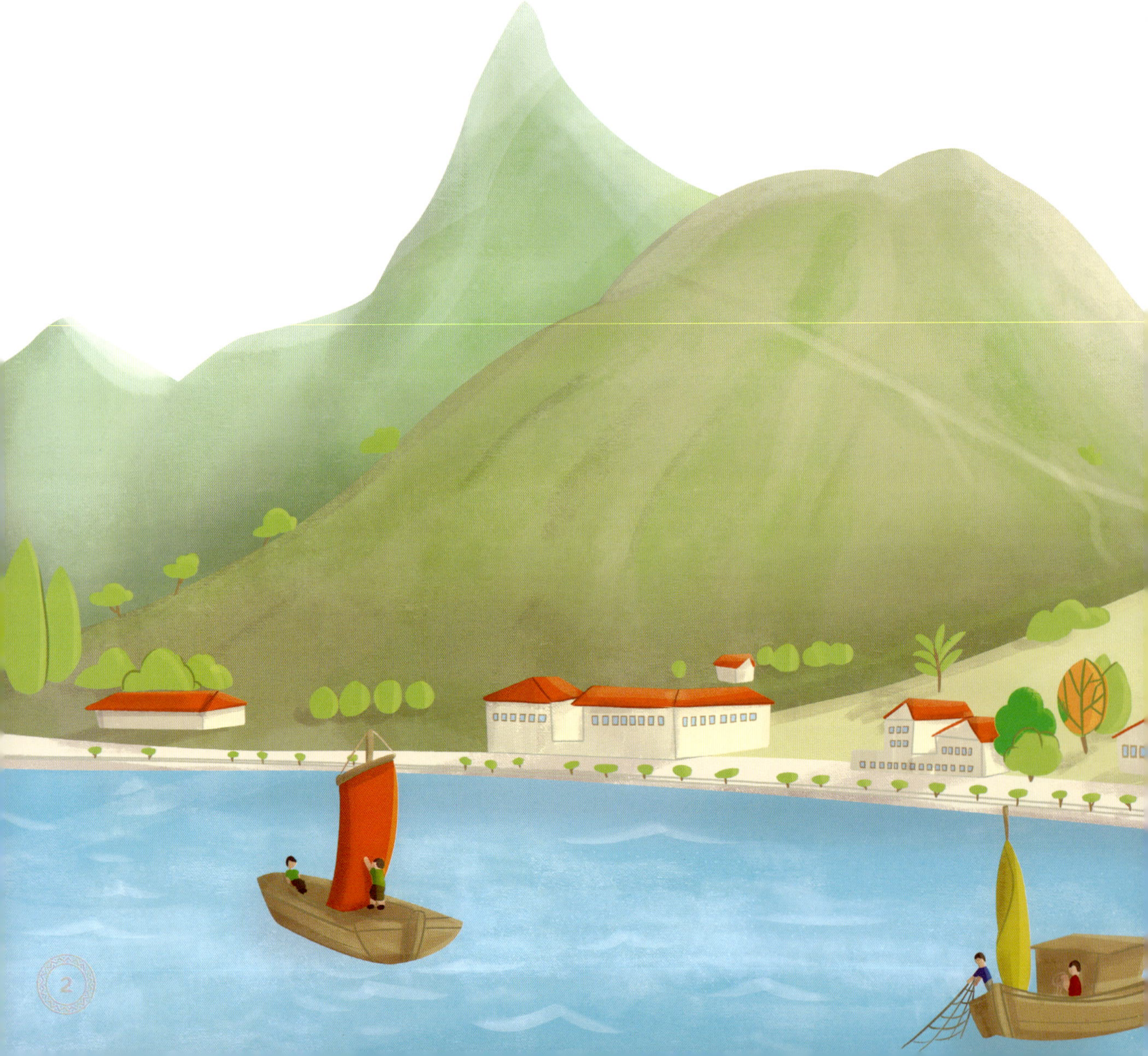

ANDRÉ REBOUÇAS NASCEU EM 1838 NUMA CIDADEZINHA CHAMADA CACHOEIRA, NA BAHIA.

QUANDO ELE AINDA ERA CRIANÇA, SUA FAMÍLIA SE MUDOU PARA O RIO DE JANEIRO.

ANDRÉ ERA APENAS UM ANO MAIS VELHO DO QUE SEU IRMÃO ANTÔNIO.

OS IRMÃOS FORMAVAM UMA BELA DUPLA E ESTAVAM SEMPRE JUNTOS. OS DOIS APRENDERAM A LER E A ESCREVER COM O PRÓPRIO PAI E ESTUDARAM NAS MESMAS ESCOLAS.

ANDRÉ E ANTÔNIO ERAM INTELIGENTES, CURIOSOS E SE TORNARAM ENGENHEIROS.

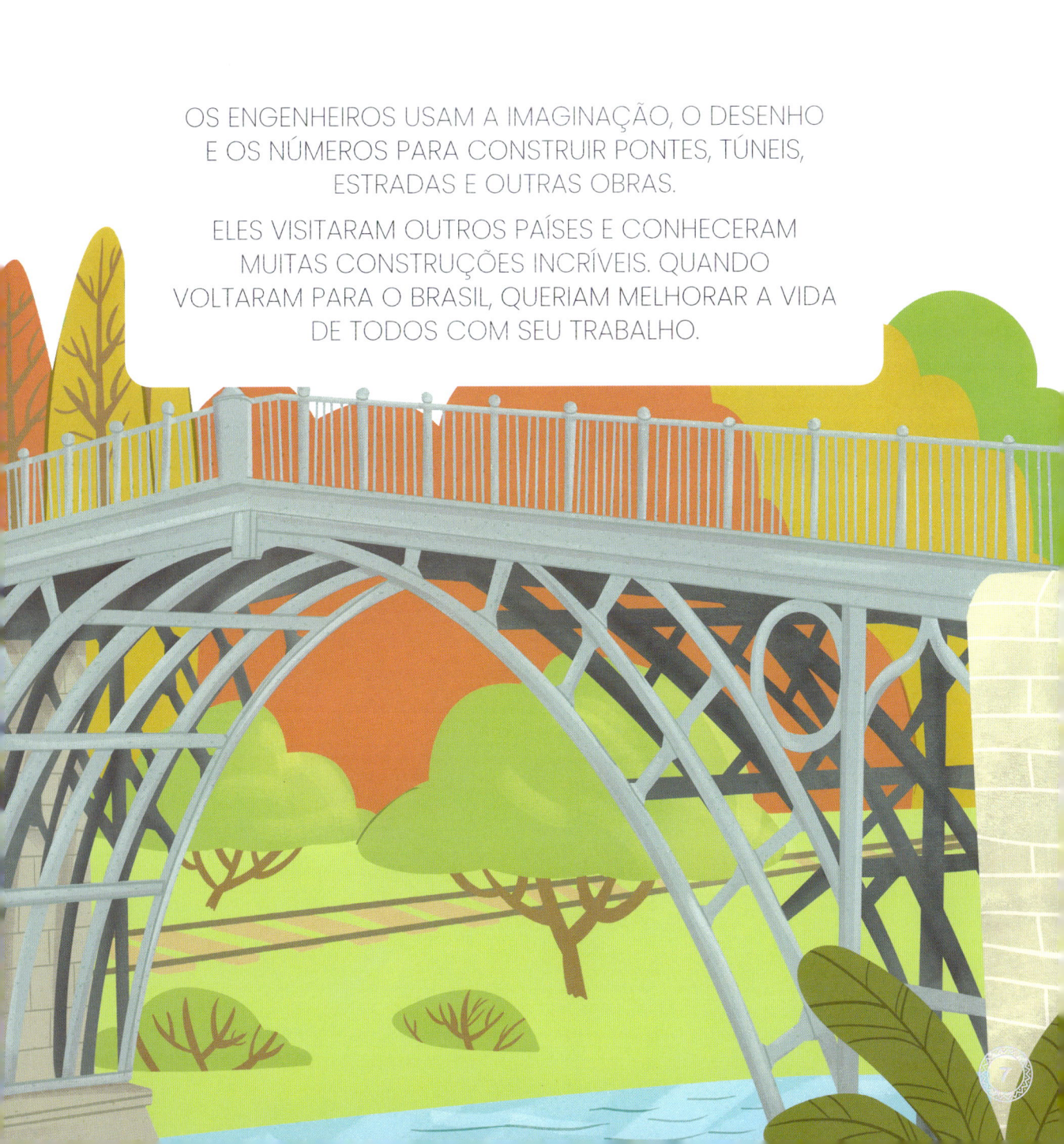

OS ENGENHEIROS USAM A IMAGINAÇÃO, O DESENHO E OS NÚMEROS PARA CONSTRUIR PONTES, TÚNEIS, ESTRADAS E OUTRAS OBRAS.

ELES VISITARAM OUTROS PAÍSES E CONHECERAM MUITAS CONSTRUÇÕES INCRÍVEIS. QUANDO VOLTARAM PARA O BRASIL, QUERIAM MELHORAR A VIDA DE TODOS COM SEU TRABALHO.

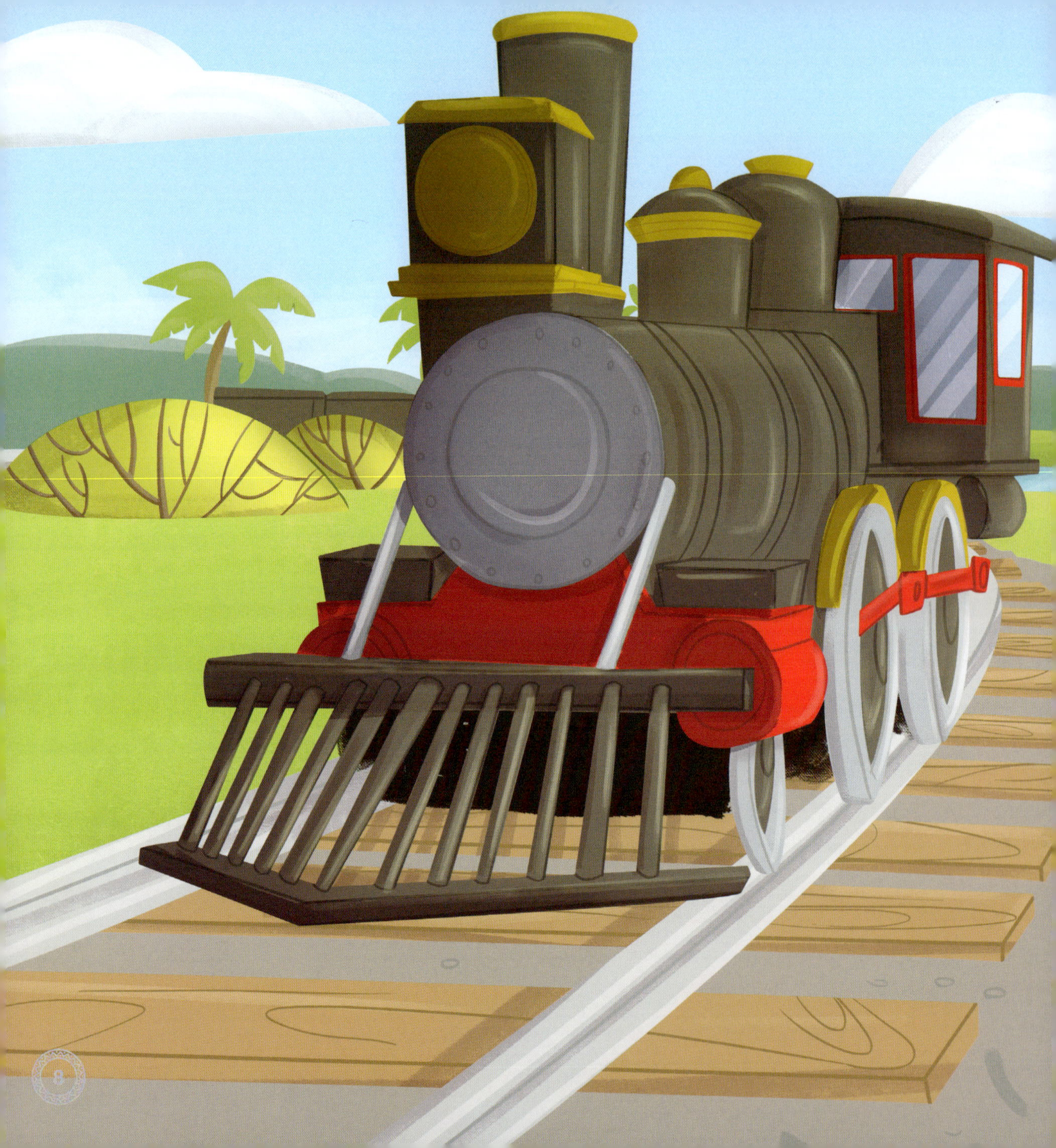

OS IRMÃOS ERAM MUITO BONS QUANDO TRABALHAVAM SEPARADOS, MAS ERAM AINDA MELHORES JUNTOS.

FIZERAM MUITAS OBRAS IMPORTANTES, COMO PONTES E FERROVIAS.

NESSA ÉPOCA, O BRASIL ENTROU EM GUERRA COM UM PAÍS VIZINHO, O PARAGUAI.

NO EXÉRCITO, ANDRÉ VIU TUDO DE PERTINHO E FICOU MUITO ABORRECIDO.

O BRASIL ESTAVA PERDENDO TEMPO E RECURSOS NUMA GUERRA EM VEZ DE TENTAR RESOLVER OS PRÓPRIOS PROBLEMAS, COMO DOENÇAS E POBREZA.

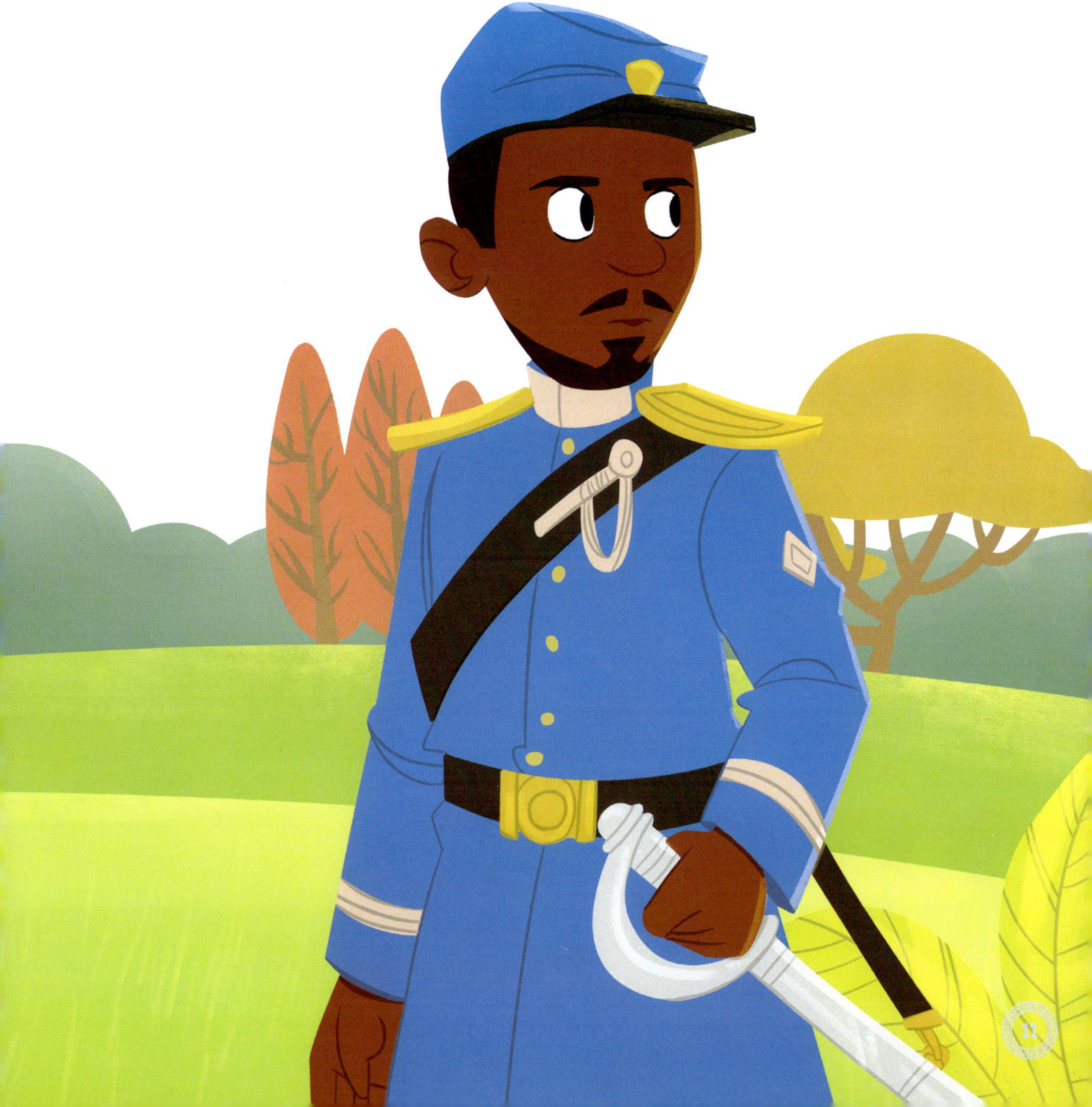

ANDRÉ COMEÇOU A ESCREVER NOS JORNAIS PARA QUE TODOS LESSEM AS SUAS OPINIÕES.

NADA O DEIXAVA MAIS TRISTE DO QUE A ESCRAVIDÃO NO BRASIL.

OS ESCRAVIZADOS ERAM PESSOAS NEGRAS OBRIGADAS A TRABALHAR SEM RECEBER NADA EM TROCA. ELES ERAM MALTRATADOS E SOFRIAM BASTANTE.

14

OS IRMÃOS TAMBÉM SOFRIAM POR CAUSA DA COR DE SUA PELE.

ALGUMAS PESSOAS DIZIAM QUE ELES NÃO ERAM BONS ENGENHEIROS E QUE SÓ CONSEGUIAM TRABALHO PORQUE ERAM AMIGOS DO IMPERADOR DOM PEDRO II.

CERTA VEZ, A CIDADE DO RIO DE JANEIRO ESTAVA FICANDO SEM ÁGUA.

ANDRÉ E ANTÔNIO DISSERAM AO IMPERADOR QUE PODIAM RESOLVER O PROBLEMA.

MUITA GENTE DUVIDOU, MAS EM APENAS 30 DIAS ELES ENCONTRARAM UMA SOLUÇÃO, E A POPULAÇÃO COMEMOROU.

17

DEPOIS DE MUITAS OBRAS JUNTOS, ANTÔNIO MORREU.

ANDRÉ SE TORNOU PROFESSOR E SEGUIU LUTANDO POR IGUALDADE.

ELE QUERIA QUE TODOS OS ESCRAVIZADOS FOSSEM LIBERTADOS E RECEBESSEM UM PEDAÇO DE TERRA PARA PLANTAR.

19

QUANDO A ESCRAVIDÃO ACABOU, ANDRÉ COMEMOROU COM OS SEUS AMIGOS, MAS ELE NÃO ESTAVA TOTALMENTE FELIZ.

OS ESCRAVIZADOS QUE FORAM LIBERTADOS NÃO RECEBERAM NENHUM PEDAÇO DE TERRA E NÃO TINHAM COMO SE SUSTENTAR DEPOIS DE TANTO SOFRIMENTO.

ANDRÉ FOI PARA OUTRO PAÍS CHAMADO PORTUGAL.

LÁ, DO OUTRO LADO DO MAR, ELE PASSOU OS SEUS DIAS ESCREVENDO PARA JORNAIS.

ANDRÉ E ANTÔNIO, OS IRMÃOS REBOUÇAS, FORAM TÃO IMPORTANTES QUE HOJE EXISTEM TÚNEIS, RUAS E AVENIDAS COM OS SEUS NOMES.

ELES FORAM OS PRIMEIROS ENGENHEIROS NEGROS DO BRASIL, E SUA LINDA HISTÓRIA DE VIDA NUNCA SERÁ APAGADA.

EDITORA MOSTARDA
WWW.EDITORAMOSTARDA.COM.BR
INSTAGRAM: @EDITORAMOSTARDA

© A&A STUDIO DE CRIAÇÃO, 2022

DIREÇÃO:	PEDRO MEZETTE
COORDENAÇÃO:	ANDRESSA MALTESE
PRODUÇÃO:	A&A STUDIO DE CRIAÇÃO
TEXTO:	ORLANDO NILHA
REVISÃO:	ELISANDRA PEREIRA
	MARCELO MONTOZA
	NILCE BECHARA
DIAGRAMAÇÃO:	IONE SANTANA
ILUSTRAÇÃO:	LEONARDO MALAVAZZI
	HENRIQUE S. PEREIRA
	GABRIELLA DONATO

Dados Internacionais de Catalogação na Publicação (CIP)
(Câmara Brasileira do Livro, SP, Brasil)

Nilha, Orlando
  Irmãos Rebouças / Orlando Nilha. -- 1. ed. --
Campinas, SP : Editora Mostarda, 2022.

  ISBN 978-65-88183-74-8

  1. Abolicionistas - Biografia - Brasil -
Literatura infantojuvenil 2. Engenheiros -
Biografia - Brasil - Literatura infantojuvenil
3. Rebouças, André, 1838-1898 - Literatura
infantojuvenil 4. Rebouças Filho, Antônio Pereira,
1839-1874 - Literatura infantojuvenil I. Título.

22-114585   CDD-028.5

Índices para catálogo sistemático:

1. Irmãos Rebouças : Biografia : Literatura
   infantojuvenil   028.5
2. Irmãos Rebouças : Biografia : Literatura juvenil
   028.5

Cibele Maria Dias - Bibliotecária - CRB-8/9427